세르반테스 아포리즘

돈 키호테의 지혜

오늘의작은책 2-5
세르반테스 아포리즘

1판 1쇄 발행 | 2002년 10월 10일
1판 4쇄 발행 | 2008년 6월 25일

지은이 | 세르반테스
엮은이 | 금 실
펴낸이 | 최순철
펴낸곳 | 오늘의책
책임편집 | 김인현
디자인 | 장주원
마케팅 | 손명기

주소 | 서울시 마포구 합정동 412-26호
전화 | 322-4595~6
팩스 | 322-4597
전자우편 | tobook@unitel.co.kr
홈페이지 | www.todaybook.co.kr
출판등록 | 1996년 5월 25일(제10-1293호)

값은 뒤표지에 있습니다.
잘못된 책은 바꾸어 드립니다.

불법복사는 지적재산을 훔치는 범죄행위입니다.
저작권법 제97조의 5(권리의 침해죄)에 따라 위반자는 5년 이하의 징역 또는 5천만 원 이하의 벌금에 처하거나 이를 병과할 수 있습니다.

세르반테스 아포리즘

돈 키호테의 지혜

세르반테스 지음 금실 엮음

개미는 여름 내내 땀을 뻘뻘 흘리면서 겨울에 먹을 식량을 마련하지만 베짱이는 노래나 부르며 지낸다. 겨울에 식량이 없어 쫄쫄 굶은 베짱이가 개미에게 구걸하지만 문전박대를 당한다. 아포리즘은 경구警句라고 번역될 수 있는데, 이는 매우 간결한 표현으로 어떤 진실을 총체적으로 드러낼 수 있는 문구하고 정의할 수 있다. 이탈리아의 보카치오는 일찍이 ≪데카메론≫에서 별들이 맑게 갠 밤하늘의 장식이고, 푸른 들판의 꽃이 봄의 장식이듯 교묘한 경구는 교양의 꽃이며 즐거운 화제의 근원이라고 말한 바 있다. 그러나 이러한 아포리즘이 제일 성했던 곳은 특히 스페인어 문화권으로서 무식한 사람이나 지식인이나 모두 경구와 속담 등에 능했다. 실로 세르반테스의 소설 작품들은 거의 모두가 풍요로운 아포리즘의 보고라고 할 수 있다. 그리고 이는 평생을 정직하고 고지식하게 살면서 삶의 온갖 신고辛苦를 다 경험해 본 작가의 체험에서 우러나온 것이기에 시대를 뛰어넘어 읽는 이의 공감을 불러일으킨다. 치열한 전투가 끝난 후 찢어진 군기 밑에서 죽어가는 병사야말로 오지 않을 승리의 기쁨을 누구보다도 뼈저리게 느낄 수 있으며, 사랑에 실패한 연인이야말로 진정한 사랑의 고귀함을 가슴 아프게 갈구하며 체험할 수 있지 않는가?

지금 우리나라는 기나긴 궁핍의 어두운 터널을 지나고 있다. 국가의 부가 하루아침에 풍선에서 바람 빠지듯 날아가고 말았고, 여기저기서 실업자들의 음산한 행렬이 줄을 잇고 있다. 무한성장이라는 매혹적인 최면에 걸려 있던 한국민의 긍지는 환멸로 바뀌었고 그간의 상대적인 풍요는 모두가 허망한 거품이었다는 사실이 드러나고 말았다. 우리의 환멸은 어쩌면 전근대적인 사고를 가지고 근대의 옷을 걸친 돈 키호테의 비극과 같은 것이 아닐까?

그러나 가만히 따져 보면 어차피 삶은 고해가 아니던가! 인류 역사를 통해 어느 시대나 나름대로의 어려움이 있었으나 행복한 와중에서도 절망하는 자가 있는가 하면 불행 속에서도 일어서는 사람이 있다.

세르반테스는 이미 우리보다 4백 년 앞서 국가파산 사태와 개인적인 절망을 체험하면서 그래도 삶은 가치 있는 것이라고 우리에게 가르쳐 준다. 비록 미치지 않고는 견디기 힘든 척박한 시대를 살고 있지만 그래도 한 번뿐인 삶을 정직하고 용기 있게 개척해 나가야 한다는 지혜를 우리는 돈 키호테의 말을 통해 깨달을 수 있다. 그의 말대로 선과 악은 영원한 것은 아니며, 악이 오래 지속되었다면 이미 선이 가까이 와 있음을 의미한다. 불빛이 어둠 속에서 더욱 빛나듯이 희망은 시련 속에서 더욱 굳건해져야 하며, 고통이 온다 해서 절망에 몸을 맡기는 것이야말로 진정한 불행의 시작이 될 것이라고 작가는 경고한다. 왜냐하면 인간의 가장 큰 죄악은 절망이라고 하는 악마의 농간에 놀아나는 것이기 때문이다.

역자는 이번 기회에 세르반테스 소설들을 다시 한 번 통독하면서 새로운 가치를 발견할 수 있었다. 특히 이 책을 엮어내기 위해 가장 많이 참고를 한 작품은 작가의 두 대표작이라 할 수 있는 ≪돈 키호테≫ Ⅰ, Ⅱ부와 ≪모범소설집≫이며, 이외에도 처녀작인 ≪라 갈라떼아≫와 유작인 ≪뻬르실레스와 시히스문다≫를 훑어보았다. 세르반테스의 삶과 깊은 사색에서 배어나온 주옥 같은 문장들이 시공을 뛰어넘어 오늘의 한국 독자들로 하여금 내면적인 성찰을 심화하고 세계에 대한 형안炯眼을 넓히는 데 조금이라도 도움이 된다면, 그리고 이 어려운 시기를 극복하는 데 위로와 용기를 준다면 역자로서 행복할 것이다. 또한 한국 최초로 ≪모범소설집≫을 번역해 총 6권으로 출판한 바 있는 〈오늘의책〉에서 이 책을 내게 된 것을 의미 있게 생각하고 감사드린다.

차례

선과 악은 영원하지 않다

선과 악은 그 어느 것도 영원하지 않다. 악이 오래 지속되었다면 이미 선이 가까이 와 있는 것이다.

인간의 운은 대부분 끊어지기 쉬운 가느다란 줄에 매달려 있다.

진짜 용기는 위험 중에 드러난다.

집안 도둑만큼 더 악랄하고 교묘한 도둑은 없다. 사람들은 모르는 사람보다 믿는 사람들 손에 더 많이 죽는다.

모험은 그 어떤 불행에도 해결의 문을 열어 준다.

세상일은 얼마나 이상한가? 똑같은 순간에 세례를 받는 사람이 있는가 하면 결혼하는 사람도 있고 동시에 무덤에 묻히는 사람도 있으니.

모험이나 불운은 우연히 시작되지 않는다.

많은 경우에 악이 선으로 보이고 선은 악으로 보인다. 그럼에도 불구하고 악을 사랑하고 선을 멀리할 때는 벌을 받아 마땅하다.

선과 악은 그렇게 멀리 떨어져 있는 것이 아니다. 그것은 마치 합치되는 두 선과 같은 것이어서, 비록 출발점이 다르고 따로 진행되더라도 종국에 가서는 한 점으로 모이게 되어 있다.

악이 악인 첫째 이유는 우리의 감각을 흐리게 하고 우리가 바라는 대로 덕행을 하지 못하도록 우리의 자유의지를 망가뜨리기 때문이다.

한 사람을 진정으로 알기 위해서는 많은 시간이 필요하며, 인생에서 확실한 것이라고는 없다.

불행은 항상 재주 있는 사람을 쫓아다닌다.

자신의 생사가 증인이나 증거보다는 자신의 입에 달려있는 범죄자는 행운아다.

어쩔 수 없는 불행 앞에서 할 수 있는 최선의 방책은 아무것도 기대하지 않는 것이다.

운명은 지치지 않고 선한 이들을 돌보며 쫓아다닌다.

운이 없는 것은 게으름이나 여유를 부린다고 고쳐지지는 않는다. 기가 죽었을 때는 절대 좋은 운이 따라주지 않는다. 우리 자신이 우리의 운명을 만들어 가는 것이다. 어떤 영혼도 스스로 일어설 수 없는 것은 없다. 비겁한 사람은 부자로 태어나도 가난하다. 욕심쟁이가 늘 거지이듯이.

악이 삶을 멈추게 하는 것은 쉽지만 인내심을 멈추게 하기는 불가능하다.

열심히 일하는 사람은 항상 많은 가능성을 가진다.

새로움이란 항상 질투와 시기를 동반한다.

운명의 수레바퀴는 물레방아보다도 빠르게 도는 법이어서, 어제 높은 곳에 있던 사람이 오늘은 인생의 바닥을 헤맬 수도 있다.

죽음의 순간이 오면 대부분의 사람들은 위대한 유언을 하거나 대단히 바보 같은 짓을 한다.

교황이라도 죽고 난 뒤에는 교회 문지기보다 더 넓은 땅을 차지하지 못한다.

장님이 장님을 인도하면 둘은 함께 구덩이에 빠진다.

인생에서 가장 기쁜 일 중 하나는 긴 포로생활 뒤에 건강하게 조국으로 돌아가는 일이다.

불빛이 어둠 속에서 더욱 빛나듯이 희망은 시련 속에서 더욱 굳건해진다. 고통을 받는다고 절망하는 것은 비겁한 일이고, 그 고통이 아무리 심하다 하더라도 절망에 몸을 맡기는 것은 가장 소심하고 한심한 일이다.

인간의 가장 큰 죄악은 악마의 장난인 절망에 빠지는 것이다.

말이란 것은 쏘아 놓은 화살과 같아서 다시 주워 담을 수도 없고 원점으로 되돌릴 수도 없이 그 결과가 나타나고야 만다.

장애물 없이 행복한 결말에 이르는 욕망은 없다.

어쩌면 뜻하지 않았던 친절이 미지근하게 방심하고 있던 가슴에 불을 붙일 수 있다.

과거의 노력이 현재 성공의 밑거름일 때 그 노력을 회상하는 즐거움은 힘든 때 받은 고통의 무게보다 더 크다.

불행과 노력은 서로 거들어줄 때 가벼워진다.

가장 높은 봉우리가 벼락을 맞고, 저항이 심할수록 더 많이 다친다.

죽음을 다른 죽음으로 보상하는 일은 옳지 않다. 모욕이 악의에서 나온 것이 아닐 때는 더욱 그렇다.

행복과 불행, 그리고 고통과 기쁨은 늘 붙어다녀서 둘로 나눌 방법이 없다.

하늘은 희망을 가진 사람에게만 길을 열어준다.

장기의 말들은 승부가 진행되는 동안 다른 역할을 하지만 승부가 끝나면 모두 함께 뒤섞여 통 안으로 휩쓸려 들어간다. 그것은 인간들도 마찬가지여서 이 세상에서 어떤 사람은 황제를, 어떤 사람은 교황 역할을 맡지만 죽음이 그 무대의상을 벗겨버리면 모두 무덤 속에 평등하게 들어가게 된다.

불행한 사람이 기쁨에 들떠있는 사람에게 자신의 불행을 이야기하는 것처럼 쓸데없는 일은 없다.

자신의 모든 희망과 욕망을 하늘의 뜻에 맡기지 않는 사람에게 내리는 하늘의 벌은 인간의 힘으로 막을 수 없다.

이룰 수 있을까 의심되는 위대한 일을 수행할 때 가장 어려운 것은 시작하는 순간이다.

더럽고 미련한 짓은 생각하지 말아야 하고 눈길조차 주지 말아야 한다.

전원생활은 신경을 곤두세우는 일없이 정신을 편하게 해 주어 도시생활보다 번거로움이 덜하다.

저승사자는 귀머거리이다. 우리 인생을 좋치러 올 때는 언제나 다급하게 와서 그 어떤 간청이나 위협, 심지어는 신부나 임금의 부탁도 알아듣지 못한다.

불행한 모든 일들 중에서 최악의 것은 죽음이지만 훌륭한 죽음은 또한 최상의 행복이다.

하늘은 대담한 사람에게는 다른 특별한 능력보다 충분한 의지를 준다.

예술이 전하는 삶의 향기

때때로 독서는 직접 경험한 것보다 더 많은 것을 우리에게 줄 수 있다. 즉 주의 깊게 책을 읽는 사람은 자신이 읽고 있는 것을 되풀이해서 생각해 보지만 아무 생각 없이 하는 경험은 그야말로 아무 짝에도 쓸모가 없기 때문이다.

시를 다른 언어로 번역하고 싶어하는 사람들이 제 아무리 주의를 기울이고 재주를 발휘해도 그것을 원래의 의미 그대로 옮길 수는 없을 것이다.

불은 빛을 주고 화덕은 따뜻함을 주지만 동시에 우리를 불태워 버릴 수도 있다. 그러나 음악은 우리에게 항상 기쁨과 흥겨움을 준다.

시인이 되고자 하는 마음은 감염되기 쉬운 난치병이다.

음악은 엉클어진 원기를 회복시켜 주고 정신노동에서 오는 피로를 경감시켜 준다.

음악이 있는 곳에는 악한 일이 있을 수 없다.

덕이 없는 학문이란 시궁창 속에 있는 진주와 같다.

역사, 시, 그리고 그림은 매우 유사하고 서로가 통하는 것이다. 따라서 역사를 쓴다는 것은 그림을 그리는 것이고, 그림을 그리는 것은 시를 짓는 것과 마찬가지이다. 또한 역사는 모든 것을 항상 같은 무게로 다루는 것이 아니고, 그림은 거창한 것만을 그리는 것이 아니며, 시 역시 도도한 존재만이 아니다. 역사는 비참한 부분을 인정하고, 그림은 풀 한 포기를 그릴 수 있으며, 시 또한 비천한 것을 노래하면서 고양될 수 있기 때문이다.

산은 학자를 만들고 목동의 오두막은 철학자를 낳는다.

많이 읽고 많이 돌아다니는 사람만이 많은 것을 보고 많은 것을 알게 마련이다.

진실이라고 모두 공개되어 모든 사람에게 알려질 필요는 없다.

시는 손에 있는 것이 아니라 이해력에 달려 있다.

역사가들은 정확해야 하고 진실되어야 하며 감정에 치우쳐서는 안 된다. 또한 사사로운 이해관계나 원한, 그리고 개인적인 취미가 진리를 왜곡하게 해서도 안 된다. 진리의 어머니는 역사이다. 그것은 시간의 적수이며 사건들의 저장소이고 과거의 증인이다. 또한 그것은 현재의 표본이자 징후이며 다가올 미래의 경고이다.

거짓말을 하는 역사가는 위조지폐를 만드는 사람과 같으므로 화형에 처해야 한다.

이야기를 할 때마다 첨가되는 양념은 어떤 언어를 사용하든지 간에 나타나는 언어의 특징이다.

어떤 이야기들은 그 자체가 즐거움을 줄 수 있지만 또 어떤 이야기들은 말하는 방식에서 즐거움을 줄 수 있다. 다시 말해서 어떤 작품은 서론이나 미사여구 없이도 만족을 주는가 하면 어떤 것은 수사법으로 치장하는 것이 필요하다. 이렇게 얼굴과 손의 모습을 보여 주고 목소리를 바꿈으로써 내용도 없고 별 볼일 없는 작품이 재치 있고 흥미로운 글로 변모하는 것이다.

만일 시인의 삶이 정결하다면 그의 글 역시 그러할 것이다. 글은 영혼의 언어이기 때문이다.

모든 시인은 오만하며 예외 없이 자신이 세계 최

고의 시인이라고 생각한다.

모든 옛 시인들은 자신들을 키워 준 모국어로 글을 썼다. 다시 말해 그들은 자신의 생각을 펼치기 위해 외국어에 의존하지 않았던 것이다.

기교와 천성이 결합된 시인은 기교만 앞세우는 시인보다 훨씬 뛰어난 존재이다. 기교란 천성을 결코 앞서나갈 수 없으며 단지 그것을 다듬는 역할을 할 뿐이기 때문이다. 따라서 천성과 기교가 조화된다면 완전한 시인이 탄생할 것이다.

시인은 자기가 가진 재물을 관리할 줄 모르며 긁어모을 줄은 더더욱 모른다.

경연대회가 열리면 2등상을 타도록 노력하라. 왜냐하면 1등상은 항상 연줄이 있거나 명문가 출신인 사람이 가져가는 것이기 때문이다. 따라서 2등이야말로 진정한 1등이며, 3등은 2등이 되고 반대로 2등은 실제로는 3등이 될 것이다.

시는 마치 연약하고 아름다운 소녀와도 같아서 다른 모든 학문이라는 처녀들은 그녀를 위해 봉사할 의무가 있다. 다시 말해 시는 다른 모든 학문을 이용하면서 그 학문들에게 권위를 제공해

준다. 그녀는 거리나 광장의 구석에서 싸구려 취급 받는 것을 싫어한다. 시는 절대 파는 물건이 아니며 그 진가를 알지 못하는 속물의 손에 맡겨져서도 안 된다.

훌륭한 시는 모든 더러운 것을 씻어주는 맑은 물처럼 깨끗하다. 마치 모든 것을 비추어 주면서도 오염되지 않는 태양과도 같고, 스스로를 존중할수록 값어치가 나가는 재주이다. 또한 시는 대지를 골고루 비추어 줄 뿐 그것을 태워 버리지는 않는 빛과 같은 것이다. 그것은 모든 감각을 즐겁게 해 주고 동시에 정의와 겸손을 가르쳐 주는 유익한 도구이다.

번역을 한다는 것은 수놓은 천의 뒷면을 보는 것과 같아서 무늬의 윤곽만 짐작할 수 있을 뿐 보이는 것은 실의 보풀투성이뿐이다.

안식과 초원의 신선함, 하늘의 고요함, 샘물의 속삭임, 그리고 영혼의 안식은 시의 요정들이 우리에게 주는 풍요로운 선물로 이 세상을 경이로움과 만족으로 채워 준다.

과학은 그 자체로는 거짓말하는 법이 없다. 거짓말을 하는 것은 과학을 빙자한 인간들이다.

좋은 점이 하나도 없는 나쁜 책은 존재하지 않는다.

많이 보고 많이 읽음으로써 상상력은 증대된다.

시는 마치 보석과도 같아서 매일 갖고 다니지도 않고 필요할 때 외에는 아무에게나 보여주는 것도 아니다. 또한 극한 상황에서도 인내하는 법을 아는 순결, 정직, 신중, 재치, 그리고 겸손을 두루 갖춘 아름다운 처녀와도 같다. 그것은 고독의 벗이다. 샘물은 그것을 즐겁게 해 주고 초원은 그것을 위로하며 나무들은 그것을 달래 주고 꽃들은 기쁨을 가져다 준다. 시는 자신과 교감하는 모든 사람에게 즐거움과 유익함을 전해준다.

인간의 자유의지는 매우 굳센 것이어서 그 어떤 약초나 마술로도 움직이거나 강요할 수 없다.

진실되지 않은 경구警句란 없다. 왜냐하면 그것들은 모든 과학의 어머니라 할 수 있는 경험에서 나온 것이기 때문이다.

경구는 옛 현인들의 경험과 성찰에서 나온 짤막한 문장이다. 그러나 적절히 인용되지 않을 때에는 단순한 헛소리가 될 수 있다.

작가의 명성이 높아질수록 그 작품의 결점을 찾으려는 눈초리도 날카로워진다. 재주가 많은 유명한 사람들, 위대한 시인들, 그리고 훌륭한 역사가들은, 한 권의 책도 쓰지 않았으면서도 남의 책을 평가하기 좋아하는 사람들에겐 선망의 대상이 되기 때문이다.

악행을 반복하면 성격으로 굳어져버린다.

시는 고독의 벗이며 위안의 샘물이고 기쁨을 주는 꽃이어서 대화하는 모든 사람들을 즐겁게 해주고 가르친다.

훌륭한 시인은 신의 통역사이지만 나쁜 시인은 수다쟁이일 뿐이다.

훌륭한 화가는 자연을 모방하지만 나쁜 화가는 자연을 토해 낸다.

행복하게 사는 법

보통 사람과 똑같이 하면서 보통 사람보다 낫기를 바랄 수는 없다.

아무리 좋은 것이라도 너무 많으면 소중히 여겨지지 않고, 하찮은 것이라도 모자라면 소중히 여겨지는 법이다.

비열한 인간은 남의 비밀을 퍼뜨리면서 절대 다른 사람에게는 이야기하지 말라고 당부한다. 그러나 자기 입을 지키는 것과 남의 입을 지키는 것 중에서 어느 것이 더 확실한가?

자신의 불행을 슬퍼해주는 사람이 있다는 것은 그나마 큰 위로이다.

신중함이 없는 용기는 사실 무모함이다. 이 무모함이 때때로 성공을 거두는 것은 재수가 좋아서이지 용기 때문에 그런 것은 아니다.

슬픔은 짐승에게는 없고 인간에게만 있는 것이다. 그러나 슬픔이 지나치면 인간도 짐승처럼 되고 만다.

지금 손안에 있는 돈을 준다는 것과 앞으로 생길 돈을 미리 준다는 것은 엄청난 차이가 있다.

불평불만론자는 남을 중상모략할 뿐만 아니라 자신의 인격마저 망치고 만다. 다른 사람이 그의 불평을 비난하려 하면 그는 아무 말도 하지 않았다고 변명하며, 만일 그 말을 한 것이 탄로나면 그런 의도가 아니었다고 발뺌하곤 한다.

장래에 대한 기대와 희망 속에 사는 사람에게는 시간이 무척 더디게 가는 법이다.

...

시기심이 지배할 때 덕과 관용은 존재할 수 없다.

사람들이 두 시간 이상의 대화를 하면서 남에 대한 험담을 하지 않는 데는 지극한 노력이 필요하다.

실추된 명예를 회복하고자 벌인 일은 모든 것이 용인된다.

명예를 잃어버린 자는 죽은 사람만도 못하다.

사람들은 남의 일에 대해 의혹의 눈길을 보낼 때 긍정과 부정 중에서 자기들이 편한 쪽으로만 생각하는 경향이 있다.

복이 없는 사람들은 빵인 줄 알고 먹었다가 돌을 씹는다.

마치 불빛이 숨겨지거나 감추어질 수 없듯이 덕행 역시 결국 알려지지 않을 수 없다.

행복 뒤에 오는 불행은 얼마나 가혹한가. 가난과

불행이 오래 지속되면 대개 죽음으로 그것을 끝내거나 아니면 차라리 가난과 불행을 병적인 습관과 버릇으로 삼아 고통을 가볍게 하려고 한다.

아내가 있고 가문과 재산을 이어받을 자식을 가진 아버지가 낭비벽을 넘어 방탕한 생활을 한다는 것은 있을 수 없는 일이다.

비겁함과 무모함의 중간에 용감함이 있다.

결국 악으로 귀착되는 덕은 사실 덕이 아니라 더

큰 악이다.

비겁한 사람들은 조금 칭찬해주면 우쭐해져서 자기보다 더 강한 상대에게 도전하기 일쑤다.

진정한 용기는 성공의 기쁨뿐만 아니라 불행의 고통도 기꺼이 감내하게 한다.

모든 악은 일종의 쾌감을 동반한다. 그러나 질투라는 악은 불쾌감과 분노만 가져올 뿐이다.

진실은 때론 약해질 수는 있어도 완전히 죽지는 않는다.

남을 속이는 것을 밥 먹듯이 하는 인간은 자신이 속임을 당했을 때 불평할 자격이 없다.

인생을 살면서 허무감을 느껴본 적이 없다면 그 사람은 인생을 헛되이 보낸 것이다.

위선은 비록 발 빠르게 움직이기는 하지만 오래 걷다보면 그 가면이 떨어져 원하는 바를 이루지 못한다.

훌륭한 언어의 문법은 사리분별력이다.

필요는 재주를 낳는 스승이다.

부자들에게 늘 따라다니며 아첨하는 사람이 있듯이 가난하더라도 인품이 훌륭한 사람에게는 늘 그를 존경하고 추종하는 사람이 따른다.

자신의 불운에 대해 흥분해서 이야기하는 사람은 듣는 사람의 공감과 동정보다는 하품만 불러일으킨다.

성인의 조건은 온정, 겸손, 신앙, 복종, 그리고 청빈이다.

무슨 일이든지 서두르면 될 일도 안 된다.

악의와 무식함에서 비롯된 안개는 덕과 용기에서 나오는 빛을 결코 가리거나 흐리게 할 수 없다.

미지근하게 베푸는 온정은 진정한 가치를 가지지 못한다.

항상 탐욕이 일을 그르친다. 탐욕스런 통치자는 나라의 정의를 사라지게 한다.

여러 지방을 돌아다니고 다양한 사람들과 이야기하는 것은 한 사람을 성숙하게 한다.

이 사회의 불로소득자들은 일벌들이 만들어놓은 꿀을 먹어치우기만 하는 벌집의 수벌 같은 존재이다.

오로지 체면을 유지하기 위해 빈약한 밥상을 맞으면서 문을 꼭꼭 닫아 잠가야 하고, 구두를 꿰맨 자국이 보일세라 두려워하며, 물 마신 뒤에 이쑤시개를 입에 물고 거리를 활보하는 자의 처참함이여!

모든 비교는 나쁜 것이다. 따라서 결코 사람들을 비교해서는 안 된다.

인내심은 모욕 앞에서 가장 잘 무너진다.

자신이 저지른 죄를 돌아보며 남에게 잘못을 전가해서는 안 된다. 모든 것은 자신의 잘못이다.

하늘은 올바른 의도에 따른 행동에 대해서는 결코 수수방관하지 않는다.

가짜 외팔이와 거짓 궤양을 들여다보면 도둑의 팔과 주정꾼의 주벽이 있다.

착한 사람이 선의를 가지고 하는 것이라면 아부도 하면 할수록 좋지만 악한 사람이 하는 것은 하면 할수록 나쁜 짓이다. 만일 아부가 덕행의 열매이고 착한 사람에 의해 이루어진다면 그것은 찬사가 되지만 그것이 악행의 열매이고 나쁜 사람에 의해 이루어진다면 모욕이 된다.

하늘은 가장 험난한 역경 속에서 가장 행복한 결말을 찾게 해준다.

진정한 고귀함은 덕성에 달려있다.

아무리 중요한 내용도 말이 길어지면 지루해지게 마련이다.

비록 많은 사람들을 웃기더라도 한 사람에게 상처를 준다면 나쁜 말이다. 남에게 피해를 주지 않고 사람들을 즐겁게 해주는 사람은 훌륭하다고 칭찬받을 만하다.

불평은 때때로 자신의 잘못을 은폐하기 위한 방패막이로 사용된다. 불평불만을 일삼는 자는 그의 말이 철학적인 차원이며 타인에 대한 험담은 그를 교정하여 올바른 길로 이끌기 위한 것이라고 둘러친다. 그러나 불평불만론자의 삶을 면밀히 살펴보면 모두 악과 거드름으로 가득 차 있다.

인간은 웃는 동물이라고 정의를 내릴 수 있다. 또한 우는 동물이라고 할 수도 있겠다. 그러나 헤프게 웃는 것은 지성의 천박함을, 지나치게 우는 것은 성찰의 부족을 말해준다.

사람들은 흔히 자신에 대한 주위의 평가에는 민감하면서도 자신의 진정한 모습과 가치에 대해서는 무관심하다.

자신이 불행하다고 남들도 같아지기를 바랄 정도로 사악하지는 않다면, 비록 그 인생이 더 나아지지는 않더라도 남의 삶이 좋아지는 것이 자신에게도 기쁨을 준다.

이 세상에서 가장 비겁한 짓은 자살이다. 왜냐하면 자기 자신을 죽이는 행위는 맞서 싸워야 할 악과 두려움을 감당해낼 용기가 부족하다는 것을 뜻하기 때문이다. 그렇지만 인간에게 죽음보다 더 큰 악이 어디에 있을까? 살아만 있으면 상황은 어떻게든 개선되고 호전될 테지만 죽음은 상황을 전혀 개선시키지도 못하고 새로운 악의 시작을 의미할 뿐이다.

진실을 말하더라도 주위에서 믿어주지 않는 거짓말쟁이의 고통이 큰 만큼 비록 거짓말을 할지라도 쉽게 믿어주는 신용 있는 사람의 즐거움도 큰 법이다.

꽃은 처녀성과 같은 것이어서 가능한 한 상상 속에서도 꺾어서는 안 된다. 장미나무에서 꺾인 장미꽃은 얼마나 쉽게, 또 얼마나 빨리 시들어버리는가! 이 사람은 만져보고 저 사람은 향내를 맡아보고 또 다른 사람은 잎사귀를 따버리고 결국 여러 우악스런 손을 거치면서 꽃은 망가져버린다.

말이 길어지면 아무리 좋은 말이라도 기쁨보다는

짜증이 난다.

덕이 가는 길은 매우 좁고 악덕이 가는 길은 넓고 평탄하다. 그러나 두 길의 처음과 끝은 서로 상반된다. 악덕의 길이 죽음으로 끝나는 데 반해 덕의 길은 영원한 생명으로 우리를 이끈다.

사물의 이치를 모르는 인간들은 설사 임금이나 귀족이라 할지라도 속물의 범주에 집어넣어야 한다.

덕을 스스로의 지침으로 삼고 항상 덕행을 행한다면 뼈대 있는 집안을 부러워할 이유가 조금도 없다. 왜냐하면 혈통은 계승되는 것이지만 덕은 스스로 터득하는 것이며 혈통 따위가 따르지 못하는 가치를 지니기 때문이다.

실형을 선고해야 하는 상대에게 말을 함부로 하지 마라. 그대가 욕을 하지 않더라도 그에게 체형의 고통은 과중한 것이기 때문이다.

백성들에게 공포를 느끼게 하고 실천을 못하는 법률은 마치 개구리임금님의 말뚝과 같아서 처음에는 공포를 주지만 나중에는 경멸하고 기어오르게 된다.

인간이 범하는 가장 큰 죄는 감사할 줄 모르는 것이다. 지옥은 배은망덕한 무리들로 가득 차 있다.

만일 진실이 신하의 아첨에 의해 각색되지 않고 그대로 왕에게 전달되었다면 인류의 역사는 크게 변했을 것이다.

자신이 어떤 사람인지 알아야 한다. 이것은 가장 어렵지만 또 가장 중요한 일이다.

겸손한 마음은 원수와도 친구가 되게 해준다.

불평만 하는 자들은 주위의 의인을 중상모략하고 마침내 자신의 고귀함마저 잃어버리고 만다.

돈은 적으면 적은 만큼, 많으면 많은 만큼 괴로움을 준다.

누가 생각을 잡을 수 있겠는가?

시간이 종지부를 찍지 않는 기억이란 없고 죽음이 멈추게 하지 않는 고통이란 없다.

맥박은 앓고 있는 병을 알려주는 언어이다.

바닷물에 떨어뜨린 것은 결코 찾을 수 없듯이 시간의 낭비는 결코 회복될 수 없다.

정직함을 동반한 아름다움은 진정한 아름다움이다. 그러나 그렇지 못하다면 그럴듯한 가면에 지나지 않는다.

명예와 덕은 영혼을 빛나게 하는 장식물과 같은 것이어서 그것이 없을 때 육체는 결코 아름다워 보일 수 없다. 그리고 정숙함은 육체와 영혼을 꾸미고 아름답게 하는 가장 큰 덕목들 중 하나이다. 그런데 아름다움 덕분에 사랑을 받고 있는 한 여인이 단지 욕망을 채우기 위해 갖은 수를 다 동원해 정숙함을 빼앗으려 하는 남자의 요구에 응함으로써 정숙함을 잃게 된다면 그녀의 아름다움은 무슨 소용이 있겠는가?

아름다움은 부분적으로는 눈을 멀게 하고 부분적으로는 눈을 뜨게 만든다. 눈을 멀게 한 아름다움 뒤로는 쾌락이 따르고 눈을 뜨게 만드는 아름다움 뒤로는 자신에 대한 성찰이 따른다.

이룰 수 있을 듯한 희망은 보통 아예 가망이 없는 것보다 더 사람을 지치게 만든다.

지속되는 두려움과 공포는 갑작스런 죽음보다 더 영혼을 피곤하게 만든다. 따라서 갑작스런 죽음은 죽음의 동반자이면서 동시에 죽음 자체보다도 더 나쁜 존재인 공포와 두려움을 면제해주는 고마움도 있다.

지난날의 고난을 회상하는 일은 현재의 기쁨에서 우러나는 만족감을 배가시킨다.

사랑이 있는 곳에는 반드시 고통이 있기 마련이다. 이를 부정하는 사람은 마치 태양이 밝고 불이 뜨겁다는 것을 부정하는 사람과 같다.

정직함은 부끄러움과, 부끄러움은 정직함과 언제나 붙어 다닌다. 만약 이 둘 중 하나가 무너지거나 상실되면 인간의 아름다움은 땅에 떨어지고 그에 대한 존경심은 사라지고 말 것이다.

시간은 앉아서 기다리는 사람에게는 너무도 느리고 게으르게 간다.

두려움의 효과 중 하나는 감각을 어지럽혀서 사물을 제대로 보이지 않게 하는 것이다.

아름다움에는 두 종류가 있다. 하나는 영혼의 아름다움이고 다른 하나는 육체의 아름다움이다. 영혼의 아름다움은 이해력, 정숙함, 선의, 자유, 그리고 예의에서 드러나는데 이 모든 것은 못생긴 사람에게서도 발견할 수 있는 것이다. 이런 영혼의 아름다움에 눈을 뜰 때 격렬하고 유익한 사랑이 태어나곤 한다.

아무리 천한 출신이라도 정숙함만 곁들여진다면 아무런 차별 없이 지체 높은 부인과 동등해질 수 있다는 데 미인의 특권이 있다.

남자의 사리분별력을 상실시키는 것에는 두 가지가 있다. 하나는 술이고, 다른 하나는 여성의 미모이다.

누가 생각을 잡을 수 있겠는가? 생각은 너무나 가볍고 섬세해서 형체도 없이 벽을 지나고 가슴을 관통하여 영혼 깊이 숨겨놓은 것을 보기도 한다.

보복이란 벌을 주는 것이지 그 죄 자체를 없애지는 못한다.

아름다움은 우리가 원하고 향유하고자 하는 주요인이 되지만 진정으로 사랑한다면 그 아름다움을 즐기는 것이 최종목적이 되어서는 안 된다.

실없는 말을 내뱉은 결과에 대해서는 저승에 가서 보상해야 한다.

사물을 파괴하거나 변화시키는 데는 인간의 의지

보다 시간의 힘이 더욱 강하다.

상상력은 너무나 강력하게 사물의 인상을 심어놓아서 거짓말도 진실처럼 그려놓는다.

언어는 감정이 충만한 데서 나온다.

이 세상에 우연이란 없고 하늘의 섭리만 있을 뿐이다.

습관은 또 다른 천성으로서 인생을 바꾸어 놓는다.

인간의 감각법칙은 종교규범보다 더 강력한 힘을 가지고 있다.

말은 생각만큼 가볍다. 따라서 생각이 건전하지 못하면 말은 더더욱 건전하지 못하다.

한 사람에 대한 공공연한 비난과 나쁜 평판은 그의 존재조건을 굳혀버려 그 사람을 개선시키기보다는 더욱 고집스럽게 만든다. 비난이 진짜 잘못에서 나온 것이든 오해에서 비롯된 것이든 아무도 대중 앞에서는 비난 받고싶어 하지 않는다.

라틴어를 모르는 사람 앞에서 라틴어로 말하는 것은 그 사람을 무시하는 죄를 범하는 것이다.

풍족함은 좋은 일이지만 감사할 줄 모르게 하고 부족함은 나쁜 것이지만 무엇에겐가 감사하게 만든다.

계속 가난한 사람에게 가난은 짐이 되듯이 자신의 부유함을 선용할 줄 모르는 사람에게 부는 무거운 짐일 뿐이다.

먹고 마시는 시간에 대해서는 어떤 법률도 제재해서는 안 된다.

우리 삶의 변화와 바다의 변화무쌍함은 둘 다 긴 세월을 통해 확실하고 변하지 않는 것은 없다는 것을 가르쳐준다.

아무리 거칠고 메마른 땅이라도 거름을 주고 가꾸면 좋은 열매를 맺는다.

자신의 본성은 감추려고 할수록 더욱 드러나는 법이다.

진실이란 야위기는 해도 부서지지는 않는다. 그것은 마치 기름이 물 위에 뜨듯 거짓말 위에 뜨게 마련이다.

날아다니는 독수리보다는 손아귀에 잡은 참새가

낫다.

인간의 생각을 포괄하는 잠은 배고픔을 없애는 푸짐한 음식이요 갈증을 해소하는 물이며, 추위를 덥히는 따뜻함이요 무더위를 식히는 시원함이다. 또한 이는 왕과 거지를 똑같게 만드는 거울이다. 잠의 한 가지 나쁜 점은 죽음과 닮았다는 것이다.

사랑은 영혼조차 변화시킨다

사랑은 우리 가슴속에서 선택에 의해, 혹은 운명적으로 배태되고 자라난다. 운명적으로 생겨나는 사랑은 항상 극단적인 상태에 있고 선택에 의한 사랑은 애정의 조건이 성장하거나 시듦에 따라 똑같이 성장하고 시들 수 있다.

사랑이 가져다주는 불쾌함과 분노 중에서 질투라는 고질처럼 사랑하는 사람의 마음을 멍들게 하는 것은 없다.

아무도 사랑하지 않는 사람은 결코 질투할 자격이 없다.

질투하는 사람에게는 사과를 하는 것만큼 좋은 약은 없다. 만일 이것이 받아들여지지 않는다면 그 사람에 대해서는 더 이상 신경을 쓰지 말아야 한다.

질투는 요구하지도 부리지도 말라. 만일 질투를 요구한다면 당신의 평판에 금이 가게 될 것이고 질투를 한다면 당신의 신용에 금이 갈 것이다. 그리고 당신의 가치를 인정하여 당신을 사랑하는 사람이 분별력을 갖고 있다면 당신을 존경하고 진정으로 사랑할 것이다. 만일 그것이 없다면 그 사람이 왜 당신을 사랑하길 원하는가?

질투를 하게 되면 이성이 마비되어 모든 사물을 있는 그대로 판단할 수 없어진다. 질투하는 사람에게는 색안경이 씌어져 작은 것은 크게, 난쟁이는 거인으로 보이고 의구심은 사실로 굳어진다.

질투란 결코 넘치는 사랑의 표시가 아니라 경솔한 호기심의 결과일 뿐이다. 설사 사랑의 표시라 하더라도 그것은 환자가 갖고 있는 신열과 같은 것으로 병들고 왜곡된 삶을 드러낸다. 따라서 질투에 사로잡힌 연인은 사랑은 하고 있지만 병들고 왜곡된 사랑인 것이다.

질투를 한다는 것은 자신의 가치에 대해 자신감

이 없음을 뜻한다.

일단 질투에서 비롯되는 의심이 생기게 되면 그 어떤 신중함도 소용없고 마음을 진정시키는 사랑의 확신도 쓸모없어진다.

질투하는 사람에게는 상대방의 모든 행동이 의미 있게 보이고 과대포장되게 마련이다.

진정한 사랑은 둘로 나누어지지 않는다. 만약 어쩔 수 없이 나눠져야 한다면 강제적으로가 아니라 자발적으로 이루어져야 한다.

많은 경우 사랑하는 사람의 존재는 과감한 행동과 대담한 말을 주저하게 만든다.

사랑의 위대한 힘은 사랑하는 연인들의 옷차림만 바꾸는 것이 아니라 그들의 의지와 영혼까지도 서로의 취향에 맞게 변화시킨다.

한 영혼이 사랑의 그물에 걸리면 그의 모든 감각은 본래의 자리에서 벗어나 묶여버린다. 이때 기억력은 두 눈이 보았던 상대방에 대한 회상의 보관함이 되고, 지력은 사랑하는 이의 가치를 탐구하는 수단이 되며, 의지력은 기억력과 지력으로 하여금 주위의 다른 곳에는 눈길을 돌리지 못하게 만들어버린다. 그에게는 모든 것이 항상 볼록거울을 통해 눈에 들어온다. 따라서 상황이 좋을 때는 희망도 단숨에 커지지만 반대의 경우에는 두려움이 괴물처럼 엄습하는 것이다.

희망에 기반을 두고 있지 않은 사랑은 생겨날 수도 성장할 수도 없다. 만일 희망이 없다면 그 사랑은 모든 것이 결여되어 있는 것이다.

사랑하는 연인들은 시간의 흐름과 그들에게 해를 입힐 수 있는 새로운 상황의 전개를 두려워하고 그들이 누리는 기쁨의 상태가 곧 끝나버리지나 않을까 두려워한다. 이러한 두려움은 너무나도 은밀한 것이어서 입 밖에 내지도 않고 심지어는 눈빛으로도 표시하지 않는다.

사랑의 가장 큰 적은 배고픔과 계속되는 궁핍이다. 왜냐하면 사랑은 모든 것이 기쁨이고 즐거움이자 만족이기 때문이다.

내가 들은 바에 의하면, 사랑은 때로는 날아다니고 때로는 걸어다닌다. 어떤 사람은 미지근하게 만들고 어떤 사람은 정염에 휩싸이게 된다. 어떤 사람에게는 마음에 상처를 주고 또 다른 사람에게는 죽음을 준다. 또 그 욕망의 질주가 시작되는 똑같은 지점에서 그것이 끝날 수도 있다. 또한 그것은 아침에 한 요새를 포위해서 저녁이면 항복을 받아낼 수 있다. 왜냐하면 사랑에 저항할 수 있는 힘은 이 세상 어디에도 없기 때문이다.

일말의 희망도 없다면 구애는 오랫동안 버티지 못한다.

사랑이 거부 당할 때 그들의 마음속에 있는 인내심은 분노로, 예의는 무례함으로 돌변할 수 있다.

사랑을 거부 당한 남자는 사랑하는 여자를 탓하지 말고 자신의 운수를 탓해야 한다. 자신을 좋아하도록 그 여자의 마음을 움직여줄 은총을 거부한 것은 자신의 운수이기 때문이다.

연인의 행복은 상대방의 아름다움을 누리는 데에 있으나 그것을 언제나 소유하고 즐기는 것은 불가능하다. 이렇게 상대의 아름다움을 영원히 가질 수는 없다는 생각은 탄식과 눈물, 불평과 불쾌함을 마음속에 배태한다.

사랑에는 항상 색안경이 씌어지게 마련이다. 그래서 사랑하는 사람의 눈에는 구리가 황금으로,

가난이 부로, 그리고 눈곱은 진주로 보인다.

사랑은 배우자를 고르는 데 필수적인 사리판단력을 쉽사리 잃어버리게 해 결국 결혼생활을 위험에 빠뜨릴 수 있다. 따라서 배우자를 잘 고르기 위해서는 수없이 재보아야 하고 하늘의 특별한 도움도 필요하다. 누군가 오랜 여행을 하고자 할 때 신중한 사람이라면 길을 떠나기 전에 같이 동행할 믿음직하고 편한 동반자를 찾을 것이다. 하물며 죽음을 맞이할 때까지 함께할 동반자를 찾는 일이라며 오죽 신중해야 하겠는가? 배우자라는 것은 한 번 산 뒤에 환불받거나 다른 물건으로 바꿀 수 있는 상품이 아니다. 부부란 떼려야 뗄 수 없는 일생 지속되는 관계이다. 그것은 일단 한 번 목에 감기면 고르디아스의 매듭으로 변하는 오랏줄이어서 죽음의 낫이 갈라놓지 않는 한 풀어버릴 방법이 없다.

일생 자기의 어깨 위에 짊어지고 가야 할 부담이 자신을 위한 것이 아니라 단지 남의 기호에 맞추기 위한 것이라면 어째 이를 받아들이는가?

일생에 걸쳐 한 번밖에 할 수 없는 일들은 한 번 빗나가면 다시는 만회하기가 불가능하다. 왜냐하면 두 번째 기회란 없기 때문이다. 결혼도 이런 일들 중 하나여서 하기 전에 정말 잘 생각해보아야 한다.

사랑 때문에 애간장을 태우기보다는 언제라도 결혼해버리는 편이 낫다.

나는 부모들이 자기 자식들을 결혼시킬 때 본인들의 취향과 허락 하에 하는 것이 올바르고 당연한 일이라고 생각한다. 왜냐하면 결혼하는 두 사람은 하루 이틀 사는 것이 아니라 삶이 지속되는 동안 평생 서로에게 반려자가 되기 때문이다. 이렇게 하지 않으면 그들에게는 수많은 불화가 끊임없이 밀어닥칠 것이고 결혼은 파탄으로 끝나기 십상이다.

살다보면 세상 모든 일에는 나쁜 일과 좋은 일이

있게 마련인데 특히 결혼생활에 관한 한 그런 현상은 더욱 심하다.

열 살 혹은 그 이상의 나이 차이가 나는 부인과 함께 사는 남자들은 손해볼 것이 없다. 왜냐하면 늙음이란 부부에게 동시에 찾아오는 것이기 때문이다.

사랑과 전쟁은 사실 똑같은 것이다. 전쟁에서 적을 이기기 위해 책략과 전술을 사용하는 것과 마찬가지로 구애나 사랑싸움에서도 자기가 바라는 목적을 이루기 위해 거짓말과 작전을 쓰는 것은 당연한 일이다. 단 사랑하는 상대방을 깎아내리거나 인격을 모독하지 않는다는 조건으로.

사랑하는 사람들 사이의 약속은 대부분의 경우 쉽게 이루어지지만 좀처럼 이행되지는 않는다.

사랑은 절제이다. 연인은 상대방의 순수한 의도에 맞게 자신의 열정을 조절한다. 사랑은 용기이다. 사랑하는 사람은 그 사랑으로 인해 생기는 어떤 종류의 시련도 기꺼이 이겨낼 수 있다. 사랑은 정의이다. 연인은 사랑하는 사람을 정의롭게 대하고 상대방에게도 같은 것을 요구한다. 사랑은 신중함이다. 그것은 모든 지혜로 장식되어 있다.

사랑이 찾아올 때는 예의를 차리지도 않고 어떤 논리에 따르지도 않는다. 누구에게나 찾아오는 죽음과 마찬가지로, 농부의 누추한 오두막집이나 왕들이 사는 높은 성을 가리지 않고 쳐들어간다. 그것이 한 영혼을 송두리째 사로잡을 때 제일 먼저 하는 일은 두려움과 부끄러움을 없애버리는 것이다.

서툴고 분별력이 없는 사랑은 금방 달아올랐다가 금방 꺼져버린다.

사랑은 속된 것과 숭고한 것, 가진 것과 가지지 못한 것의 차이를 없애버린다. 서로의 순수한 애정이 마음에 전달되면 사랑은 연인들의 상이한 조건들을 지워버린다.
진정한 사랑이 있는 곳에 지나친 수다는 없는 법이다

사랑에 실패한 사람은 흔히 자신이 상대방으로부터 사랑받을 자격이 없다고 생각하는 법이다.

평온한 마음과 고요한 영혼, 진정한 사랑은 여기에 거처를 삼는다. 사랑은 눈물과 두려움에는 머물지 않는다.

사랑에 빠진 마음은 자신에게 호의적인 언약의 그림자까지도 손쉽게 믿어버린다.

상상력이 넘치는 슬픈 마음에는 고독만큼 좋은 친구가 없다. 그것은 슬프거나 즐거운 기억을 깨우는 자명종이다.

자신의 욕망을 채운 뒤에 올 수 있는 가장 큰 욕구는 그것으로부터 벗어나는 일이다.

노인들에게 생길 수 있는 사랑의 충동은 흔히 위

선의 가면 아래 가려지고 위장된다. 그리고 그 위선은 다른 사람이 아닌 바로 자기 자신에게 상처를 준다.

젊은이들의 순수하지 못한 충동은 그들을 꼬드기고 유혹했던 조건에 결코 만족하는 법이 없다.

사랑의 열병은 단지 코르크마개로 단단히 봉해놓음으로써만 물리칠 수 있다. 그 누구라도 그토록 강력한 적수에 맞서서 대적하겠다는 것은 어리석은 일이다. 왜냐하면 단지 신의 권능만이 인간의 열정을 이길 수 있기 때문이다.

자연계의 그 어떤 현상 중에서도 사랑만큼 기적을 가능하게 하고 그것만큼 지속적인 것은 없다. 그 기적이 아무리 위대하고 대단한 것이라도 사랑 안에서는 아무 일도 아닌 것처럼 간주된다. 사랑은 주교의 홀笏과 목동의 지팡이, 위대함과 비천함을 동등하게 만들고 불가능한 것을 가능하게 하며 모든 것을 무화시켜 버리는 죽음과도 같이 강력한 것이다.

어떤 사람은 아름다움의 미끼에 걸려 사랑에 빠지고, 어떤 사람은 요염함과 화려함 때문에 사랑에 빠진다. 또 어떤 사람은 상대방에게서 자신의 의지를 복속시킬 만한 가치가 있는 장점을 보고 사랑에 빠진다.

막 사랑에 빠진 연인들의 열정은 분별력이 없는 충동에 지배되는 경우가 많아서 상식에 어긋난 행동을 하게 만든다. 그것은 온갖 난관을 헤쳐 나가면서 물불을 가리지 않고 욕망에 몸을 맡겨 눈앞의 영광을 위한 것이라고 믿지만 사실은 고통의 지옥에 빠져들고 만다. 일단 욕망하는 바를 이루고 나면 상대방에 대한 욕망도 사그라들어서 분별력에 눈이 뜨이게 되며, 이 때 전에는 숭배하던 것이 혐오스러운 것이었다는 점을 깨닫게 된다.

질투 없는 사랑은 있을 수 있어도 두려움 없는 사랑은 없다.

사랑에서 아주 극단적으로 나쁜 경우가 두 가지 있는데, 하나는 사랑하지만 사랑받지 못하는 경우이고 다른 하나는 사랑하는데 그 상대는 자신을 증오하는 경우이다. 그러나 이것도 사랑하는 사람이 없는 것이나 질투하는 경우보다는 낫다.

사랑하는 여인에게 바치는 찬사는 타인의 힘을 빌리지 말고 자신의 마음과 생각이 이끄는 대로 하라. 남의 덕을 보면서 사랑하려고 하면 안 된다. 여인에게 보여주어야 할 것은 바로 있는 그대로의 모습이다. 설사 단점이 있다고 하더라도 분수 넘치게 꾸미지 말아라.

흔히 연인들이 질투라고 부르지만 사실 광적인 절망이라고 할 수 있는 이 병은 선망과 자기비하를 동반하기 때문에 일단 사랑하는 사람의 영혼을 점령하면 그 어떤 위로나 치료도 소용없다. 그것을 유발하는 원인이 아무리 사소한 것이라 할지라도 그 여파는 엄청나서 이성을 마비시키고 심지어는 목숨마저 위협한다. 차라리 절망에 빠져 죽어버리는 것이 질투심에 괴로워하며 살아가는 것보다 더 나아보일 정도이다. 그러므로 현명한 사람이라면 자신의 애인에게 질투심을 바라는 바보짓은 하지 않을 것이다. 왜냐하면 그 질투라는 병은 자신에게도 전염되어 한시도 안심하고 살 수 없게 되기 때문이다. 마치 비싸고 귀중한 가치를 가진 물건은 그것을 소유한 사람에게 끊임없이 분실의 두려움을 주는 것과 마찬가지로 질투 역시 사랑에 빠져 영혼에게 붙어서 떨어지지 않는 열정이다.

포로가 자유를 얻는 대가로 하는 맹세나 약속은 거의 지켜지는 법이 없다. 연인의 맹세도 이와 마찬가지이다. 자신의 욕망을 채우기 위해서는 헤르메스의 날개와 제우스의 번개창도 가져다 주마고 약속한다.

사랑과 욕망은 별개의 것이다. 사랑하는 모든 사람이 욕망을 가지고 있는 것은 아니며 또한 욕망을 가진 모든 사람이 사랑하는 것은 아니다.

어떤 사업이든 시작은 어려운 법이지만 청춘사업은 대부분의 경우 몇 배나 더 어렵다. 심지어 주위의 모든 여건이 호의적인 사랑일지라도 통과해야 할 첫 관문은 굳게 닫혀있는 것처럼 보인다.

사랑하는 사람으로부터 사랑받지 못하는 것은 참을 수 없는 고통이지만 사랑하는 이에게서 미움을 받는 것은 더한 고통이다. 만일 새로운 연인들이 이성과 경험이 일러주는 대로 사랑을 이끈다면, 그들은 매사에 시작이 어렵다는 것을 사랑의 경우도 예외가 아니라는 것을, 그 사랑이 굳어지고 강해지기 전까지는 어려움이 있다는 것을 알게 될 것이다.

가난한 사람들 사이에서는 우정이 지속될 수 있다. 왜냐하면 비슷한 재산이 그들의 마음을 묶어

주는 역할을 하기 때문이다. 반면 부자와 가난한 사람 사이에는 그 부와 가난의 차이만큼이나 우정이 지속되기가 힘들다.

사랑의 정열은 천하무적이니 원치 않는 상대로부터 그 감정을 느낄 때에는 설득을 시킬 것이 아니라 아예 상대하지 말고 피해야 한다.

친구들 사이에는 말 못할 비밀이란 없는 법이다.

모든 일의 시작은 어렵다. 사랑의 시작에 있어서

는 말할 나위가 없다.

질투의 힘은 너무나도 강력하고 은밀해서 죽음의 비수를 감춘 채 사랑에 빠져 영혼을 찾아나선다.

사람은 자기가 실수했을 경우에 지적해 줄 수 있는 친구를 반드시 가져야 한다.

한 사람을 사랑하면 그의 개까지도 사랑하게 된다.

애초에 동정은 사랑의 적이기 때문에 연인들은 서로를 동정하며 만나서는 안 된다.

연인들 사이의 분노는 흔히 저주로 끝나기 쉽다.

여성의 본질

훌륭한 아내라면 남편에게 싸울 거리를 줄 것이 아니라, 가능한 한 그러한 소지를 없애버려야 한다.

정숙한 여성의 아름다움이란 잘 보관된 불꽃이나 칼과 같다. 따라서 치근대지 않는 사람은 그 불꽃에 데지도 않고 그 칼날에 다치지도 않는다.

여성의 종잡을 수 없는 생각과 변덕스런 마음을 꿰뚫어 파악하고 있다고 내세울 수 있는 사람이 과연 이 세상에 누가 있겠는가?

여자는 본성상 자신을 좋아하는 사람을 경멸하고 자신을 혐오하는 사람을 사랑한다.

아무리 추한 여자라도 아름답다는 말을 들으면 기분이 좋은 법이다.

훌륭한 아내는 남편의 흠집을 가려주는 방패막이이다.

아름다운 아내를 맞이한 남자는 어떤 친구를 데려가야 할지, 부인이 어떤 친구들과 어울리는지

눈여겨보아야 한다. 왜냐하면 광장이나 거리에서 일어나지 않는 일이 믿는 여자 친구나 친척의 집에서 일어날 수 있기 때문이다.

아름다운 여성일수록 신중함은 더욱 돋보이고 헤픈 웃음은 더욱 어리석어 보인다.

다이아몬드의 순도를 확인한다고 망치로 두들기는 것은 어리석은 짓이다. 특히 여자는 유리와 같으니 깨지나 안 깨지나 시험하지 말라.

이 세상에서 순결하고 정숙한 여자만큼 귀한 보석은 없다. 여자의 모든 영예는 그녀에 대한 세간의 평판에 달려 있다.

가난한 남편을 둔 아름답고 정숙한 아내는 승리의 월계관으로 칭송받을 만한 가치가 있다. 그러한 여성은 그 아름다움만으로도 대붕大鵬이나 늠름한 독수리의 표적이 되고 주위의 시선과 욕망의 대상이 된다. 그러나 그 아름다움에 가난과 옹색이 더해진다면 까마귀나 여러 잡새들까지 치근덕거리게 마련이다. 여기에 굴하지 않고 꿋꿋하게 정조를 지키는 여성은 과연 그 남편의 월계관이라 불릴 만하다.

성스러운 결혼생활에서 중요한 것은 부부간에 즐거움이 있어야 한다는 것이다. 만일 즐거움과 기쁨이 없으면 부부생활은 절름발이가 되고 만다.

어느 현자가 충고하기를, 세상에는 딱 한 명의 좋은 여자가 있는데 모든 남편들은 그 유일한 여성이 바로 자기 아내라고 생각하면 행복해진다.

한 여성을 지키는 데 가장 좋은 방법은 창살이나 감시인, 또는 자물쇠가 아니라 당사자의 사리분별력이다.

일에 바쁜 아가씨는 사랑을 생각하기보다는 일을 끝낼 생각을 먼저 한다.

귀부인의 조건 중 하나는 다른 사람의 감정에 세심하게 마음을 쓰는 것이다.

아무리 아름답다 하더라도 전쟁터에서의 여성은 성가신 존재일 뿐이다.

덕이 있는 여자는 말하는 것과 가슴속으로 생각하는 것이 다르다.

여성의 어떤 지참금보다 더 귀하고 깨끗한 것은, 그리고 남편이 가장 감사해야 할 것은 그녀가 가지고 있는 지조이다.

정숙하지 못한 여성의 명랑함은 아무리 그녀가 귀족이라 하더라도 비천하고 사악한 남자로 하여금 사랑을 고백하게 만든다.

여성의 분노에는 한계가 없다.

화가 난 여인이 무엇을 못하겠는가? 아무리 험한

사건도 여성의 분노에 비하면 부드럽고 평화스러운 것이리라.

결혼이란 순결을 빼앗는 것이 아니라 그것을 평생토록 지켜주는 의식이다.

경박한 여자보다 남편에게 더 무거운 짐은 없다.

여성이 지닐 수 있는 가장 훌륭한 덕은 정숙이다. 왜냐하면 아름다움과 부는 시간이 지나면 자연스럽게 없어지기 때문이다.

포도주와 여자는 세월이 흐를수록 더 맛이 나는 법이다.

정숙하겠다고 결심하기만 하면 1개 사단의 병사들 속에서도 자신의 몸을 지킬 수 있다.

여성이 충고를 하는 일도 드물지만 이를 무시하는 것도 미친 짓이다.

늙은 여자에게 키스하거나 혹은 키스를 당하는 것은 선물이 아니라 고문이다.

정치가가 오랫동안 부인 없이 지내는 것은 바람직한 일이 아니다. 한 지방을 다스리기 위해 자기 부인을 데려가야 한다면 그녀를 교육시켜서 나쁜 습성을 없애도록 하라. 사려 깊은 영주의 공적을 무례하고 무식한 부인이 망쳐버리는 일은 흔히 일어나는 것이기 때문이다.

대장이 없는 군대나 성주가 없는 성이 안전할 수 없듯이 뚜렷한 이유 없이 남편이 젊은 아내를 떠나 있는 것은 좋은 일이 못 된다.

아내와 화목하게 지내려면 무엇을 원하는지 알고 그것을 구해 주라. 또한 그녀가 집안일의 모든 것을 명령하게 하라. 단 남편에게만은 명령하게 하지 말라.

현명한 삶을 위한 몇 가지 충고

말은 짧게 하라. 말이 길면 아무도 주의를 기울여 주지 않는다.

승자가 명예로울수록 패자 역시 존중받는다.

일을 시작한다는 것은 이미 반은 끝냈다는 말과 같다.

혹시 법의 심판을 가볍게 해주고 싶으면 동정심을 가지고 할 일이지 뇌물의 액수에 따라 하지 말아라.

후퇴하는 것은 도망치는 것이 아니요 기다리는 것이 약함을 뜻하는 것도 아니다. 위험이 희망을 압도할 때 현명한 사람이라면 내일을 위해 근신할 줄 알며 당장 모든 것을 해치우려 하지 않는다.

죄지은 사람에게는 자기를 바라보는 모든 사람이 그 죄를 알고 있는 듯이 보인다.

오늘 쓰러지는 사람은 내일 일어설 수 있다. 병석에 눕지만 않는다면.

진정한 관대함은 복수할 수 있으면서도 하지 않는 것이다.

교수형을 당한 사람의 집에서는 밧줄에 대한 이야기를 하는 법이 아니다.

불가능한 것을 가지려 고집하면 가능한 것까지도 거부 당한다.

만일 나에게 베풀어진 은혜를 당장 갚을 수 없다면 앞으로 갚겠다는 결심이라도 하라. 그것만으로 불충분하다면 그 의지를 모든 사람들 앞에서 공표하라. 왜냐하면 자신이 받은 은혜에 감사하고 그것을 남에게 밝히는 사람은 가능한 한 약속을 지키려고 하기 때문이다. 모든 것을 아낌없이 주시는 하느님과 인간의 관계에서 보듯이, 보통 받는 사람은 주는 사람보다 열등한 위치에 있어서 받는 자의 그 어떤 보답도 주는 자의 은총에 필적할 수는 없다. 이 간격을 메워주는 것이 감사하는 마음이다.

사람들이 흔히 징조라고 부르는 것들은 비록 이성에 기반을 둔 것은 아니라 할지라도 무시할 것이 아니라 존중되어야 한다.

결혼한 친구의 집에 그가 독신일 때처럼 드나들 수는 없다. 왜냐하면 비록 그 우정이 진실되고 변함없는 것이라 할지라도 결혼한 사람으로서의 위치는 특별한 것이어서 같은 형제들 간에도 조심해야 할 부분이 있기 때문이다. 하물며 친구 사이라면 오죽하겠는가?

비록 도둑놈들의 세계에서도 정의는 존중되어야 한다.

불확실한 희망이라 할지라도 사람들에게 용기를 주어야지 공포를 주어서는 안 된다.

현명한 노인들의 축복은 문제의 실마리를 풀어주는 은총이다.

재판과 같이 시시비비를 가릴 때는 항상 정확한 판단력을 갖추어야 하고 특히 진실을 밝히겠다는 참된 의지가 있어야 한다. 만일 이것이 결여된다면 그 수단과 목적은 항상 빗나갈 수밖에 없다. 하느님은 사려 깊은 사람의 악한 의도는 좌절시키지만 단순한 사람의 선의는 도와주신다.

기회가 왔을 때 붙잡지 못하는 사람은 지나간 뒤에도 불평할 자격이 없다.

남의 것을 가지고 있으면서도 돌려줄 생각을 하지 않는 사람을 구제하기는 불가능하다.

암탉이 알 위에 또 알을 낳듯이 돈은 원래 있는 곳에 모여 태산이 된다.

부를 가진 사람이 가질 수 있는 행운은 그것을 가지고 있다는 자체가 아니라 그것을 쓸 수 있다는 데 있다. 더 정확히 말하면 마음 내키는 대로 쓰는 것이 아니라 잘 쓰는 데 있다.

현명한 사람은 과거와 현재의 일을 보고서 미래를 판단할 수 있다.

가난한 자의 눈물이 부자의 논리보다 더 큰 동정심을 불러일으킬 수는 있을지언정 더 큰 설득력을 지니지는 못한다.

누구네 집안이 더 뼈대 있는 가문인가 비교하며 평가하지 말라. 나쁘게 평가한 집안으로부터는 미움을 살 것이요, 좋게 평가한 집안으로부터는 아무런 치하도 듣지 못할 것이다.

혀를 조심하라. 입에서 말을 내뱉기 전에 다시 한 번 생각하고 되씹어 보라.

옷은 잘 입고 다녀야 한다. 그렇다고 비싼 옷에 보석으로 치장하라는 말은 아니다. 병사가 장군의 복장을 할 수 없듯이 자신의 직업과 분수에 맞는 옷을 입을 것이며 항상 깨끗하고 단정하면 되는 것이다.

설사 시기심이 강하고 여자를 밝히며 탐식증이 있을지라도 겉으로는 결코 그런 내색일랑 하지 말아라. 사람들이 그런 성향을 알게 되면 결정적인 순간에 그 약점을 이용해 당신을 파멸로 이끌

수도 있다.

덕행의 아버지가 되고 악행의 파수꾼이 되어라. 항상 엄격하지도 자상하지도 말고 그 중용을 지켜야 한다. 여기에 사리분별력을 발휘해야 한다.

결코 남의 일에 끼어들어 격앙되지 말라. 그 와중에 범할 수 있는 실수는 돌이킬 수 없는 것이 되어 당신의 신용과 재산까지도 날려버릴 수 있다.

혹시 원수가 되는 사람의 심판을 맡게 되었다면

당신의 머리와 감정을 서로 완전히 떼어 놓아라.

만일 한 아름다운 여인이 찾아와 어떤 일을 부탁한다면 그녀의 눈물에 대해서는 눈을 감아버리고 그녀의 탄식에 대해서는 귀를 막아버려라. 이성이 눈물에 익사하고 정의가 탄식에 날아가버리지 않으려면 그녀가 부탁하는 사건의 본질을 처음부터 차근차근히 살펴보아야 한다.

고통받는 아름다운 여인의 눈물은 바위산을 솜뭉치로 호랑이를 순한 양으로 만들어버린다.

하느님이 인간에게 주신 많은 특성은 모두 동등하다고 하지만 동정심은 정의감보다 더 빛나는 덕성이라고 할 수 있다.

재치 있는 말이나 비꼬는 말은 어떤 사람들에게는 즐거움을 줄 수 있으나 다른 사람들에게는 쓰라림을 안겨준다. 단지 침묵만이 벌도 적도 만들지 않는다.

누군가를 심판할 때에는 죄인의 죄목을 지나치게 엄격히 적용하지 말라. 재판관의 명성은 준엄함이 아니라 자비로움에서 나온다.

가난한 사람의 탄원과 흐느낌 속에 행간을 발견해야 하듯이 부자들의 언약과 선물에 담긴 진실도 읽을 수 있어야 한다.

자기 가문이 잘났다고 내세우지 말 것이며 농사꾼 출신이라도 이를 부끄러워하지 말라. 자신을 낮추면 아무에게도 시샘받지 않을 것이다. 또한 지체 높고 교만한 것보다는 신분이 낮더라도 후덕한 사람이 훨씬 높은 평가를 받는다.

잠은 적당히 자라. 일찍 일어나 일출을 보지 않는 사람은 낮의 고마움을 즐기지 못한다. 부지런함은 행운을 낳는 반면 게으름은 자신이 원하는 목

표에 도달하지 못하게 한다.

악한이 되기 위해 선한 척하는 것보다는 선한 사람이 되려는 희망을 간직한 악한이 낫다.

오래 달리기를 할 때에는 마음을 급히 먹지 말라. 목적지에 도착하기도 전에 숨이 끊어질 수도 있으니.

쫓기고 있는 절대절명의 순간에는 원수의 집보다 더 좋은 은신처는 없다.

백성들의 지지를 얻으려면 적어도 다음 두 가지가 필요하다. 하나는 모든 사람에게 겸손해야 하는 것이요 다른 하나는 먹을 것이 풍족하도록 해 주는 것이다. 무릇 가난한 사람에게는 배고픔과 비싼 물가가 가장 고통을 주는 법이다.

사람들은 통치자가 부자가 되어 직책을 그만두면 도둑놈이라 하고, 가난한 채 그만두면 무능하고 멍청하다고 입방아를 찧는다.

대담한 용기를 가진 사람들은 바다에 빠져서도 판자 조각에 매달려 있다가 난파된 배의 기둥을 발견하면 이를 커다란 행운으로 생각하고 끌어안는다.

정치가가 혹시 홀아비가 되어 새 부인을 맞아야 할 때 가장 조심해야 할 상대는 뒷주머니를 만드는 탐욕스러운 여자이다. 왜냐하면 남편은 생전에 아내가 챙겼던 모든 것을 최후의 심판대에 서서 깨닫게 되며 자신의 책임이 아닌 것들까지도 갑절로 갚아주어야 하기 때문이다.

힘들고 어려운 일을 할 때는 일하는 만큼의 휴식도 필요하다.

자신의 일에 대해 생겨나는 호기심은 충족시키고 발전시켜야 하지만 남의 일에 대한 호기심은 꿈에서라도 중요한 것이 아니다.

아부도 예술이어서 입에 발린 말은 적당한 선에서 자제해야 한다. 만일 한 여자를 보고 천사보다도 아름답다고 말한다면 그것은 아부의 극치이지만 상대방에게 도리어 불쾌감을 줄 수도 있다.

신중한 남자가 눈물을 보일 이유는 다음 세 가지밖에 없다. 첫째는 죄를 범하는 것이요, 둘째는 그 죄를 용서받는 것, 그리고 마지막으로 질투에 빠지는 것이다. 나머지 일에서의 눈물은 남자의 얼굴에 어울리지 않는다.

만일 당신이 명예롭고 좋은 혈통이라는 것을 내세우고 싶으면 누릴 권리보다는 베풀 희생을 먼저 생각하라.

똑같은 고통이라도 사람에 따라 입을 열기도 하고 닫기도 한다. 어떤 사람은 어차피 치유가 불가능하다고 생각해 입을 다물어버린다.

집착을 버려라. 그러면 세상에서 가장 부유한 사

람이 될 것이다.

마음의 고통에는 맥박이 없기 때문에 그 병을 진단하고 치료하기란 거의 불가능하다.

공통의 불행에는 용기와 우정이 큰 힘이 된다. 시간과 더불어 완화되고 죽음과 더불어 끝나지 않는 고통은 없다.

신중함이 없는 곳에 행운은 찾아오지 않는다.

송아지 한 마리를 얻거든 얼른 고삐를 잡고 달아나버려라. 즉 행운이 찾아올 때 이를 놓치지 말아라.

시간에 모든 것을 맡겨라. 그것은 아무리 절망스러운 일이라도 치유책을 발견하게 해주는 스승이다.

모욕이 없는 곳에 복수는 없다.

신중함이란 우리에게 상처를 줄 수 있는 모든 것

으로부터 우리 자신을 분리시키는 일이다. 우리에게 해를 입힐 수 있고 평안함을 깨트릴 수 있는 것들을 혐오하는 것은 당연한 이치이다.

희망이 보이지 않는 갑작스런 고통은 비록 한순간의 충격은 크지만 오랜 세월 동안 치유의 길이 모두 막혀버린 종류의 고통보다는 낫다.

천박한 현재의 소유보다는 밝은 희망이 낫고 쥐꼬리만한 보수보다는 실컷 욕이나 해주는 게 낫다.

지금 누구와 함께 걷고 있는지 생각해 보라. 그러면 당신이 어떤 사람인지 알게 될 것이다. 곧 사람은 태어날 때 누구와 함께 있었느냐가 아니라 지금 누구와 함께 있느냐가 중요한 것이다.

과음은 비밀을 흘리고 신용을 잃어버리게 한다.

항아리가 돌에 부딪치건 돌이 항아리에 부딪치건 깨지는 것은 항아리이다.

청탁도 때와 장소를 가려야 한다. 상대방이 밥 먹

는 시간이나 잠자는 시간은 피해야 한다.

남을 질시하고 싶으면 차라리 잠을 자라. 잘 때는 모두가 평등하니까.

당사자 앞에서 하는 욕은 비판이고 뒤에서 하는 욕은 비난이다.

직업에 관한 단상

관직에 있는 사람은 청탁을 하려고 몰려드는 사람들을 냉정하게 대하기 위해 청동으로 만들어져야 한다.

향응과 선물을 통해 불가능을 가능으로 만들어 버리는 곳이 정치권이다.

희생이 많이 들어갈수록 그 가치는 존중된다. 특히 학문에서 경지에 오르기 위해서는 수많은 밤샘과 굶주림, 누추함, 현기증, 그리고 소화불량을 겪어야 한다. 그러나 전쟁에서 훌륭한 군인이 되기 위해서는 더 많은 희생을 치러야 한다. 그는 한 발 한 발 내디딜 때마다 생사의 갈림길에 내몰

리기 때문이다.

경험은 모든 기술의 가장 좋은 스승이다.

항해술에 있어서는 아무리 세계 제일의 석학이라도 단순한 선원보다 못하다.

그 어떤 운동도 사냥만큼 전쟁과 유사한 것은 없다. 사냥꾼은 피로도 갈증도, 심지어는 죽음까지도 잊어버린다.

경험은 모든 기술의 가장 좋은 스승이다.

펜을 던지고 전투에 참가하는 사람보다 더 좋은 병사는 없다. 그는 힘과 머리를 조화시켜 기적을 만들어 낸다. 이 때 군신軍神 마르스는 기뻐하고 평화는 공고해지며 국가의 위대함은 뻗어나간다.

좋은 병사는 좋은 지휘관을 만날 때 용감해진다.

비록 양 떼에게라도 명령하는 것은 기분 좋은 일이다.

젊었을 때 배우며 즐기는 것보다 더 즐겁고 기쁜 생활은 없다.

어떤 성직자들은 설교는 못 하면서도 신자들의 허물은 기가 막히게 잡아낸다.

전쟁은 비겁한 자들의 계모요 용감한 용사들의 어머니이다.

명령해야 할 때 부탁을 해서는 안 된다.

가난한 신사는 자신의 명예를 지키고 가문을 욕되지 않게 하기 위해서 적어도 덕과 온정을 보여주어야 한다.

이 세상에는 두 종류의 가문을 가진 사람들이 있다. 어떤 사람은 귀족과 왕족의 핏줄을 가지고 태어났으나 시간이 지날수록 그 고귀함을 잃어버리고 전락하고, 또 어떤 사람은 비록 출신성분은 변변치 못하나 점점 덕을 쌓아 위대한 인물이 된다. 그 차이점이란 한 사람은 과거에 살고 다른 사람은 현재에 산다는 것이다.

미천한 집안에서 태어난 사람은 하늘이 돕지 않

을 때 성공하기가 몹시 어렵다. 이 때 덕행만이 그의 앞길을 밝혀준다.

가난한 자가 덕행을 쌓으면 명성을 얻을 수 있으나 부자가 악행을 일삼으면 파렴치한이 되고 만다.

값진 옷은 가난한 집에 있기가 힘들다. 그들은 그것을 전당포에 맡기거나 팔아버려 다시는 구경해보지도 못한다.

가난한 사람의 충고는 잘 받아들여지지 않는다.

가난한 사람의 지혜가 아무리 빛나는 것이어도 빈궁함은 그것을 바보짓으로 보이게 한다.

신사라고 모두가 같은 것은 아니다. 비록 겉으로는 차이가 없으나 어떤 사람들은 순금이고 어떤 사람들은 도금이기 때문이다. 미천한 출신이라도 야심과 덕행으로 고귀해질 수 있고, 고귀한 신분의 사람들도 방탕과 악덕으로 몰락할 수 있다. 우리는 비록 겉으로는 비슷해 보이지만 행동에 있어서는 정반대인 이 두 종류의 인간들을 구별하는 눈을 가져야 한다.

자식이란 부모가 지닌 육신의 조각들과도 같은

존재여서 좋든 나쁘든 부모의 모습을 따라가게 되어 있다. 따라서 부모들은 어릴 때부터 자식들을 덕과 좋은 표양, 그리고 고결한 습관의 길로 이끌어야 한다. 이렇게 될 때 자식들은 장성하여 부모의 위안이 되고 가문의 영광이 될 것이다.

형리의 곤장은 수치심을 동반하지만 부모의 회초리는 명예를 가져다 준다.

하느님은 악인을 보고 괴로워하신다. 그러나 영원히 참고 계시는 것만은 아니다.

현자라고 모든 일에 조언을 줄 수 있는 것은 아니다. 그러나 자신에게 충고를 구하는 사람에 대해 속속들이 알고 있다면 누구라고 조언을 할 수 있다.

자신의 가문을 자랑해서 유일하게 빛을 발하는 때는 덕행과 관대함을 보일 때이다. 어느 가문 출신이라서 그 사람이 훌륭한 것이 아니라 그 사람이 훌륭하기 때문에 그 가문이 빛나는 것이다.

연극과 연극배우만큼 우리의 인생에 대해 정확히 말해주는 것은 없다.

법관들은 벌을 주는 것이지 복수를 하는 사람이 아니다. 현명한 재판관만이 정의와 자비로움 사이의 균형을 맞출 줄 안다.

통치자의 위엄은 법의 집행보다는 온정을 베푸는 것을 통해 더욱 빛난다.

혜성이 나타날 때 근거 없는 재앙과 불행이 걱정되듯이 경찰이 갑자기 나타나면 깨끗한 사람들까지도 괜한 죄책감이 들게 된다.

아들을 위해 아버지가 하는 일은 사실 자기 자신을 위해 하는 것이다. 왜냐하면 아들은 아버지의 존재를 연장하고 확장시키는 분신이기 때문이다. 따라서 자기 자신을 위해 살듯이 아들을 위해 애쓰는 것은 당연하고 자연스런 일이다. 그런데 자식이 아버지를 위해 애쓰는 것은 그렇게 당연하고 자연스런 일이 아니다. 왜냐하면 사랑은 내리사랑이어서 반대로 거슬러 올라가는 사랑은 힘이 들기 때문이다. 한 아버지가 백 명의 자식을 키울 수 있지만 백 명의 자식이 한 아버지를 모시기는 힘들다.

얼마나 많은 불쌍한 사람들이 판검사의 일시적인 기분에 의해 콩밥을 먹고 있는가!

한 분야에서 전문가가 되기 위해서는 기술뿐만 아니라 연장도 훌륭해야 한다.

읽는 사람 모두에게 즐거움과 만족을 주는 책을 쓰기란 불가능하고도 불가능한 일이어서 책을 한 권 출판한다는 일은 상당한 위험부담을 안고 있다.

이 세상에는 환자를 죽여놓고도 돈을 청구하는 의사들이 너무 많다. 그러나 피해자는 이미 땅속에 묻혀 말을 할 수도 없다. 변호사들 역시 재판에 이기든 지든 돈을 버는 것은 마찬가지이다.

때때로 형편없는 법관들은 자신들이 다루는 범인들과 똑같은 인간이 되어버린다.

의사의 실력을 결정하는 것은 그가 처방한 약의 성분이다. 따라서 운수 좋은 병사들처럼 재수 좋은 의사들도 많다고 볼 수 있다.

출세를 하려면 돈을 크게 벌든지 왕궁에서 국왕의 시중을 들어라. 국왕이 던져주는 부스러기 한 쪽이 웬만한 벼슬아치들의 큰 호의보다도 낫기 때문이다.

한 사람에 대해 나쁘게만 말하는 것은 진실을 말하는 것이 아니다. 사람에게는 반드시 좋은 점과 나쁜 점이 같이 있기 때문이다.

속물들에게 질투도 부끄러움도 없다. 다만 이해관계만 있을 뿐이다.

조언을 하기 위해서는 세 가지 조건이 필요하다. 첫째, 권위를 가질 것. 둘째, 신중할 것. 셋째, 상대방이 불러줄 것.

미친 자의 지혜와 궁핍한 시대의 행복

세르반테스는 ≪돈 키호테≫ 2부에서 돈 키호테의 입을 빌어 10년 전에 출판되었던 ≪돈 키호테≫ 1부를 언급하면서 자신의 책이 3천만 부 이상이 팔려나갈 정도로 유명해질 것이라고 장담하고 있다. 광기에 사로잡힌 한 노인의 터무니없는 과장으로 간주되어 비웃음을 샀던 이 말은 오래지 않아 정확한 현실로 드러났다. 더 나아가 ≪돈 키호테≫는 동서고금을 통해 성경 다음으로 많은 언어로 번역되어 읽힌 작품이 되었다. 이와 함께 세르반테스는 많은 비평가들에 의해 문학사적으로 영국의 셰익스피어와 함께 서양 문학에서 가장 위대한 작가로 인정받고 있다. 대부분의 한국 사람들에게는 단순한 만화나 코미디로밖에 인식되지 못하고 있는 이 작품이 대체 무엇 때문에 그토록 높이 평가되고 있을까? 국가적으로나 개인적으로 매우 궁핍한 일생을 살았던 한 작가가 어떻게 해서 시대를 관통하는 위대한 고전을 인류의 유산으로 남길 수 있었을까?

세르반테스의 생애는 더 이상 극적일 수 없을 정도로 파란만장한 것이었다. 오늘날로 보면 이발사 정도의 신분이던 가난한 떠돌이 의사의 아들로 태어난 그는 잦은 이사를 다니면서 정규교육을 받을 기회를 가지지 못하였고 작가로 성공하는 길을 꿈꾸었으나 빈궁한 집안 형편은 그에게 마음놓고 글을 쓸 처지를 마련해 주지 못하였다. 하나의 도피처였던 군대생활 중 유명한 레판토 해전에 참가하여 용감히 싸우다가 불구가 되고 말았으며, 명예로운 상이군인으로 귀국하던 길에 해적에게 납치되어 5년간이나 노예생활을 겪어야 했다. 네 차례나 탈출을 시도했지만 번번히 실패하였고, 가족과 수도회의 도움으로 마침내 귀국을 하기는 했으나 조국은 온갖 고초를 겪은 전쟁영웅에게 아무런 보상을 해주지 않았다. 가난 때문에 작가의 꿈을 접고 임시직 공무원 생활로 끼니를 연명하기도 했던 그는 국가와 교회권력으로부터 억울하게 단죄되어 파문을 당하고 수차례의 감옥살이까지 당해야 했다. 결혼을 했으나 자식이 없었고 18세 연하인 부인과는 평생 사이가 좋지 않았다. 거의 환갑의 나이에 출판한 ≪돈 키호테≫ 1부가 대성공을 거두고 그 외에도 ≪모범소설집≫ 등 많은 작품들을 썼지만 그에게 돌아오는 경제적인 이익은 거의 없어 평생 궁핍한 생활을 면치 못했다. 병마와 싸우며 종부성사를 받은 후에도 글 쓰는 일을 멈추지 않았던 세르반테스는 마지막 작품의 탈고를 끝낸 뒤 펜을 손에 든 채 운명하였다. 영국의 대문호 셰익스피어가

세상을 떠나기 하루 전이었다. 그러나 영화로운 삶을 누렸던 셰익스피어와 달리 세르반테스 집안은 돈이 없어 장례비용도 대지 못해 겨우 한 수도원 묘지에 누울 자리를 얻었으나 오늘날 그 무덤의 흔적은 찾을 길이 없다.

세르반테스가 살던 당시의 유럽은 가톨릭 신앙에 의해 통합되어 있던 중세적 가치관이 잔존하는 가운데 종교개혁, 중상주의, 그리고 신분계층의 재조정 등을 통해 새로운 정치, 경제, 사회질서가 자리 잡고 있었다. 그러나 스페인은 외부세계의 무질서를 차단하고 복고적인 질서를 고집하면서 도도한 역사의 흐름에 저항하였다. 세르반테스는 스페인이 정치, 경제, 군사적으로 몰락하는 것을 두 눈으로 똑똑히 목격하였다. 해가 지지 않는 제국, 스페인은 지구상에 존재했던 그 어느 제국보다도 넓은 영토를 가지고 있었지만 사실상 모든 것이 거품이었다. 신대륙으로부터 유입되는 막대한 재화는 모두가 대제국을 유지하기 위한 전쟁비용으로 염출되거나 왕실의 가치를 위해 낭비되었다. 관리들의 부정부패는 극에 달했고 국가 재정이 바닥나 수차례의 국가파산을 당했다. 무적함대(실상 이 함대는 한 번도 실전 경험이 없었기에 글자 그대로의 무적함대였다)의 패배를 계기로 유럽에서의 군사적인 주도권을 빼앗긴 스페인은 유럽 내에 가지고 있던 대부분의 식민지를 상실하면서 더 이상 회복하기 불가능한 파국으로 치닫고 있었다.

세르반테스는 당시 범람하고 있던 기사소설을 풍자하기 위해 ≪돈 키호테≫를 썼다고 말한다. 이 소설의 주인공은 몰락한 시골양반으로서 사라져가는 중세적 가치관을 당대의 삶에 부활시키려 한다. 따라서 그는 역사적 필연성을 띠고 등장하는 근대성modernity을 소화해 내지 못하는 스페인의 갈등과 모순을 상징한다. 또한 이는 국가적인 몰락의 분위기와 함께 파란만장한 삶을 영위한 작가의 세계관의 산물이다. 조국을 위해 싸우다가 온갖 고초를 겪었던 전쟁영웅이면서도 평생 냉대를 받으며 억울한 옥살이까지 당해야 했던 세르반테스는 자신의 몰락과 발맞추어 나가는 제국의 몰락을 목격하면서 이 모든 원인을 기사도로 대변되는 시대착오적인 중세적 가치관에서 발견하였던 것이다.

세르반테스는 돈 키호테라는 인물을 통해 기사도적 낭만주의에서 자본주의적 현실주의로 넘어가는 과도기적 인간의 전형적인 운명을 보여 준다. 그리고 이는 바로 작가 자신의 운명이기도 하였다. 이상과 현실의 간극을 깨닫지 못한 채 르네상스의 신세계로 돌진하는 중세의 기사에게 가시적인 세계와 환상 세계는 하나의 현실이 가진 두 얼굴이다. 이 와중에서 광기와 이성을 동시에 가진 이상주의적 기사 돈 키호테와, 무식함과 삶의 지혜를 동시에 갖춘 현실주의적 종자 산초 판사가 펼쳐나가는 드라마는 끊임없는 긴장의 미학을 보여 준다. 그리고 이는 당대의 구체적 현실을 초월해 모든 인간 세계에 내재한 보편성을 구현하는 걸작을 인류에게 선사하는 것이다.

작가연보

1547년 9월 29일 마드리드 동북부의 알깔라 데 에나레스에서 떠돌이 의사였던 아버지 로드리고의 7남매 중 넷째로 태어난다. 아버지를 따라 스페인의 여러 도시를 떠돌아다닌다.

1564년 가족이 세비야로 이사한다. 이 도시에서 당시 유명한 극작가였던 로뻬 데 루에다의 연극을 보고 감명 받아 극작가로 성공하는 길을 꿈꾼다.

1566년 가족 모두가 마드리드에 이사와서 정착한다.

1566년 에라스무스 사상의 추종자였던 후안 로뻬스 데 오요스가 교장으로 있는 인문학교에 등록하여 사상적인 영향을 받는다. 펠리뻬 2세의 왕비를 추모하는 네 편의 시를 쓰면서 서서히 문학활동을 시작한다.

1569년 안또니오 데 시구라와의 결투사건이 비화되어 수배되자 로마로 도피해 아꾸아비바 추기경의 비서가 된다. 그 후 그 곳에 주둔하고 있는 스페인 보병부대에 현지 입대한다.

1571년	교황청, 베네치아 공화국, 스페인 연합함대와 이슬람 세력의 전위인 터키함대가 레판토 해협에서 세계 3대 해전의 하나로 꼽히는 일전을 벌인다. 세르반테스는 이 해전에 참가해 세 발의 총탄을 맞고 평생 왼쪽 팔을 못쓰게 되며 '레판토의 외팔이' 라는 명예로운 별명을 얻게 된다.
1575년	군복무를 마치고 배를 타고 귀국하다가 알제리에 근거를 둔 터키 해적들에게 포로가 된다. 그 후 5년 동안 알제리에서 비참한 노예생활을 한다.
1580년	노예생활 중 네 번이나 탈출을 시도하지만 모두 실패하고 결국 가족들과 수도회의 노력으로 몸값을 치르고 귀국한다.
1583년	유부녀인 아나 프랑까 데 로하스와 연애해서 이사벨이라는 딸을 얻는다.
1584년	19세의 처녀인 까딸리나와 결혼하지만 슬하에 자식을 얻지 못한다.

1585년	처녀작인 소설 ≪라 갈라떼아≫를 출간하고 또한 극작품인 〈누만시아〉와 〈알제리에서의 대우〉를 쓴다.
1587년	작가 수입으로 생활이 어려워지자 영국과의 일전을 준비하던 무적함대의 보급 담당관이 되어 세비야로 간다.
1588년	보급관의 임무를 수행하면서 교회와 마찰이 생겨 파문 당한다.
1593~1595년	안달루시아 지방의 세무공무원으로 근무하면서 회계 문제로 여러 차례 감옥에 가게 된다.
1597년	당시 경제공황의 여파로 은행들이 파산하면서 세무공무원 시절의 회계 처리가 문제되어 또다시 감옥에 간다. 이렇게 여러 차례 감옥을 들락거리면서 옥중에서 ≪돈 키호테≫를 구상한다.
1605년	≪돈 키호테≫는 1부가 출판되어 큰 성공을 거두지만 세르반테스는 경제적으로 별 이득을 얻지 못한다.

1613년	열두 편의 중편소설이 담긴 ≪모범소설집≫이 출판된다.
1614년	시집 ≪빠르나소로의 여행≫을 출판한다.
1615년	≪돈 키호테≫의 명성에 힘입어 아베야네다에 의한 위작僞作 ≪돈 키호테≫가 나오자, 서둘러 ≪돈 키호테≫ 속편 작업을 출판한다.
1616년	위중한 병에 걸렸으나 병석에 누워서도 작업을 계속하여 유작이 된 소설 ≪뻬르실레스와 시하스문다≫를 탈고한다. 며칠 뒤인 4월 22일 운명한다.

해답을 주는 책

TODAY'S BOOK Publishing Co.

감동을 주는 책

교양을 주는 책

재미를 주는 책

정보를 주는 책

지식을 주는 책

〈오늘의책〉출판사는 늘 책의 가치를 제일 먼저 생각합니다.

www.todaybook.co.kr

오늘의 작은책 시리즈 서양편

2-1 탈무드
김홍기 엮음 | 272면 | 값 4,000원

2-2 어린 왕자
생텍쥐페리 지음 | 윤영 옮김 | 176면 | 값 4,000원

2-3 사람은 무엇으로 사는가
톨스토이 지음 | 윤영 옮김 | 240면 | 값 4,000원

2-4 오만과 편견
제인 오스틴 지음 | 금실 옮김 | 724면 | 값 6,000원

2-5 세르반테스 아포리즘
세르반테스 지음 | 금실 엮음 | 172면 | 값 4,000원

2-6 칼릴 지브란 예언자
칼릴 지브란 지음 | 윤영 옮김 | 160면 | 값 4,000원

2-7 독일인의 사랑
막스 뮐러 지음 | 이윤주 옮김 | 216면 | 값 4,000원

2-8 갈매기의 꿈
리처드 바크 지음 | 윤영 옮김 | 210면 | 값 4,000원